AF509682

ÉPITRE

AUX FRANCAIS.

ÉPITRE

AUX FRANÇAIS.

MES chers Français, écoutez mes leçons,
Je ne viens point, moraliste sévère,
Effaroucher votre tête légère;
Pour vous prêcher, il vous faut des chansons,
Je le sais bien : pourtant, Peuple volage,
Des temps passés je vais tracer l'image;
Ecoute-moi : puissent tes longs excès,
En t'instruisant, préparer tes succès;
Je puis parler : déjà de la frontière
A disparu le terrible étranger :
Il daigne enfin ne plus nous protéger.
Ah! n'allons pas, dans notre ardeur guerrière,
Ne trouvant plus au loin gloire et danger,
Aux fiers partis livrer la France entière;
Soyons unis! Peuple brave et léger,
L'esprit t'égare et le sort te balotte;
Rire est ton fait; mais ton bras valeureux

Porte à la fois le glaive et la marotte ;
Quitte le glaive et tu seras heureux.

Sur notre terre, il est une Euménide,
Au corps hideux, à la tête livide,
Sa Bouche est torse et son œil est hagard ;
Reine du monde, un serpent homicide
Est sa couronne, et son sceptre un poignard :
La mort la suit, la vengeance la guide,
L'effroi, l'horreur volent à ses côtés :
Seule, au milieu de son fougueux cortége,
Elle parcourt les airs épouvantés ;
Remplit de sang les temples, les cités,
Flétrit les cœurs d'un souffle sacrilége ;
Ce monstre impur, échappé d'Albion,
Est parmi nous : la Discorde est son nom.

Elle naquit aux champs de la Tamise ;
Le Parlement, à qui Londres est soumise,
Par un décret l'exila vers nos bords.
Sur les débris du trône et de l'église,
Sur des monceaux de mourans et de morts,
Elle fonda son horrible puissance :
De deux partis exaltant les fureurs,

Dans ses deux mains l'étendard de la France
Parut, orné de diverses couleurs.

Chacun prenant différente bannière,
Vit le bonheur au bout de la carrière
Où son erreur l'engageait follement :
L'ambition travailla sourdement;
Thémis, sans force, et réduite au silence,
Abandonna son glaive à des bourreaux,
Et la Terreur, s'armant de sa balance,
Dicta la loi du pied des échafauds.

Amour céleste, amour de la Patrie,
Tu mis un terme à toutes nos douleurs,
Des factieux tu contins la furie,
Ah! règne encore et viens sécher nos pleurs.

Qu'aimer est doux, que haïr est pénible!
Quand l'anarchie, après tant de forfaits,
A nos regards cacha sa tête horrible,
L'humanité nous rendit ses bienfaits,
L'espoir riant, à nos cœurs satisfaits,
Fit entrevoir un avenir paisible,
L'homme égaré se retrouva sensible
Et répara les maux qu'il avait faits.

Mais n'est-il plus de repos sur la terre !
La trahison menace nos confins,
Et la Discorde, excitant les Germains,
Revient vers nous sur le char de la guerre.
On vole au feu : les bronzes destructeurs
De part et d'autre ensanglantent l'arêne;
La pâle Mort, assise dans la plaine,
D'un rire affreux accueille nos fureurs,
Et de sa main décimant les vainqueurs
Du vaste champ se lève souveraine.

De la raison méconnaissant les lois,
Français, Français, l'héroïsme en délire
A-t-il toujours dirigé vos exploits?
Vous combattez pour repousser les rois ;
Et sous vos yeux s'élève cet empire
Qui doit bientôt vous priver de vos droits.

Astre de mort, mais brillant de lumière,
A son lever présageant sa grandeur,
Napoléon, de la France guerrière,
Par ses travaux soutenait la splendeur.
De son parti, la gloire et l'espérance,
Il combattait pour l'honneur de la France,
La République avait armé son bras :

Vainqueur du sort, vainqueur de la nature,
Bravant les mers, affrontant les frimas,
Dans les dangers éclipsant ses soldats,
Ayant son casque et son fer pour parure,
Pour lit la terre, et pour jeux des combats,
Il voit le trône! il le voit, le désigne
Comme le but, le prix de ses travaux;
Dès qu'il y monte, il en devient indigne,
Et le tyran remplace le héros.

O liberté! quoi, déjà tu succombes?
Mais non : nos cœurs ont conservé tes lois :
Sous un consul, tu chancelles, tu tombes;
Tu renaîtras sous le sceptre des rois.

Depuis douze ans, la France consternée
Payait sa gloire, et du poids de ses fers,
Pour s'alléger, écrasait l'Univers,
Quand, vers le Nord, malgré sa destinée,
Napoléon a connu les revers.

Superbe espoir d'abaisser l'Angleterre,
D'humilier ses premiers ennemis,
Vaste projet de conquérir la terre,
De lui léguer un maître dans son fils,
Vous n'êtes plus! les rochers de l'Ukraine

Sous les frimas sont soudain engloutis,
La Mort paraît, l'aquilon se déchaîne,
Et, dans les mers, le sanglant Borysthène
De ses vainqueurs disperse les débris.
Napoléon voit ses lauriers en poudre,
Il fuit, il fuit, et, prompt comme la foudre,
De son aspect épouvante Paris.
Alors, ces rois qui marchaient à sa suite,
Et dont il fut la terreur ou l'appui,
Sur les destins rejetant leur conduite,
Brisent le joug et s'arment contre lui.
Mais abrégeons ce récit déplorable.
L'Europe enfin se lève formidable,
Et par la force et par la trahison,
Sur nos tombeaux élevant ses trophées,
Des bords du Tage aux montagnes Riphées,
Ses rangs guerriers ont noirci l'horizon.
Paris, confus, leur ouvre ses murailles,
Et la Discorde, attisant tous ses feux,
Rugit, s'élance et s'y glisse avec eux.

Napoléon, aux champs des funérailles,
N'ayant pour lui que son nom, ses soldats,
Se voit proscrit au sein de ses états.

Et perd le sceptre en gagnant des batailles.
Terrible exemple ! Écoutez Potentats :
Ne pensez pas que vos ligues fidèles
En ont purgé le sol de nos aïeux ;
L'opinion, bien plus puissante qu'elles,
Vous a livré ce despote orgueilleux ;
Car, dans la France , où son règne odieux
A de la gloire éteint l'idolâtrie,
Il eut un trône et n'eut point de patrie.

Louis se montre ; il vient nous consoler :
De ses vertus parant le diadème,
Séchant des pleurs qu'il n'a pas fait couler ,
Il veut sauver un peuple ingrat qu'il aime.

Mais la Discorde a tramé ses complots :
Changeant le sort des fils de Henri-Quatre,
L'aigle bruyant a traversé les flots ,
Et l'étranger revient encor l'abattre.

Guerriers français , ô vous que les combats
Ont moissonnés aux champs de la Belgique ,
Vos ennemis ont , par leurs attentats,
Justifié votre mort héroïque.
Consolez-vous , légion de héros ,

Nous jouirons de vos peines dernières ;
Et dans ces lieux, conquis par vos tombeaux ,
Peut-être un jour que de funèbres pierres
Des nos états marqueront les frontières.

   De toutes parts s'élance un cri d'horreur.
. . . .
. . . .
. . . .
. . . .
. . . .
. . . .
. . . .
. . . .
. . . .
. . . .
. . . .

Ce fruit des arts qui couvrait nos musées,
Ces monumens qui flattaient notre orgueil
Nous sont ravis, et les Muses en deuil
Versent des pleurs sur leurs lyres brisées :

   Tels sont nos maux : sachons les réparer ;
Sortons enfin de cette nuit profonde ;

Peuple Français, tu fis trembler le monde ,
Fais plus encore et sache l'éclaircr.

Élançons-nous vers les monts d'Aonie ,
Saisissons tous nos lyres, nos pinceaux ,
Et, préludant à des combats nouveaux ,
Soyons vainqueurs dans les champs du génie.
Vous que le ciel combla de ses faveurs ,
Du grand Zeuxis , immortels successeurs ,
Gérard, Guérin , réparez notre perte ;
Toi , Girodet, apprête tes couleurs ,
Le peuple attend , et la lice est ouverte.

Ami des arts , mais fidèle à l'honneur ,
Peuple Français, si, troublant ton bonheur ,
Les fils du Nord, dans leur fougueux délire ,
Renouvelaient des jours trop désastreux ,
Quitte aussitôt les pinceaux et la lyre ,
Reprends le glaive et tu seras heureux.

Pour être heureux, il faut de notre gloire
Eterniser le noble souvenir ;
De nos erreurs écartant la mémoire ,
Autour du trône il faut nous réunir ;
Pour être heureux, il faut passer sa vie

En joie, en paix, sans trouble, sans envie,
Loin du regard des mortels odieux,
Loin du méchant dont le vil fanatisme,
Déshonorant le culte de nos dieux,
A, parmi nous, enfanté l'athéïsme,
Monstre à cent voix, sans oreilles, sans yeux.
Pour être heureux, il faut, au sein des villes,
Que l'artisan vive de son labeur;
Que le fermier, dans ses plaines fertiles,
Conduise en paix le soc agriculteur;
Et que le sage, isolé de ce monde,
Ne soit troublé dans son rêve enchanteur
Que par le bruit du feuillage et de l'onde.

O liberté, voilà tes saintes lois!
Reviens vers nous, non telle qu'autrefois
Quand la Discorde usurpait ta puissance,
Squélette affreux du colosse romain,
Marchant la pique et la hache à la main,
Ne respirant que rage et que vengeance.
Reviens vers nous; viens combler notre espoir :
Que ton éclat ne soit plus chimérique;
Le sein couvert du manteau monarchique,
Tenant en main le sceptre et l'encensoir,
Auprès du trône aujourd'hui viens t'asseoir.

Dis à Louis que de sa belle France
Il doit lui-même assurer tous les droits ;
Que des sujets l'union , la puissance,
Font la grandeur et la force des rois.
Dévoile-lui cette ligue orgueilleuse ,
Du diadême, esclave ambitieuse ,
Qui, ne rampant que pour mieux dominer,
Voulant des fers , mais pour nous les donner,
Des préjugés recule la barrière ,
Ferme les yeux pour nier la lumière ,
A mis le trône et la Charte à l'encan,
Et, dans l'excès d'une folle manie ,
D'un empereur a fui la tyrannie ,
Mais de son roi voudrait faire un tyran.

O liberté! que la Discorde expire
Près du méchant dont elle fut l'appui ;
Que notre Roi, pour le bien de l'Empire ,
Veille sur toi, tu veilleras sur lui :
Et nous, Français , en essuyant nos larmes ,
Nous reverrons un horizon plus pur;
Au sein des jeux et sous un ciel d'azur ,
Prenant la lyre et déposant les armes ,
De la beauté nous chanterons les charmes.

Toujours unis par nos lois, par nos mœurs,
Nous jouirons sans troubles, sans alarmes,
Et nous dirons : oublions nos erreurs,
Plus de discorde ; ardente à disparaître,
Elle a rejoint le lieu qui la vit naître,
En nous laissant plus instruits et meilleurs.
Aimons Louis, non comme on aime un maître,
Mais comme un père. Objet de tant de vœux,
La Liberté, plus riante et plus belle,
Jette sur nous un regard amoureux ;
Sachons jouir de ses bienfaits nombreux,
Sans pénétrer sa nature immortelle ;
Si le bonheur n'existe pas sans elle,
On est donc libre alors qu'on est heureux.

LA CLÉMENCE.

LA CLÉMENCE*.

DISCOURS

DE CONSTANTIN A SON FILS CONSTANCE,

En le revêtant de la pourpre césarienne , et ne lui accordant qu'un seul droit de souveraineté, celui de faire grâce.

« Comme Dieu me pardonnne , aussi veux-je
» pardonner.,. s'il y en a qui se sont oubliés,
» il me suffit qu'ils se reconnaissent. »
Henri IV.

Viens César, viens mon fils; sur ton front jeune encore
Je place le bandeau que la pourpre décore.
Gouverne les Romains, mais pour les rendre heureux;
Tous deux, d'un même accord, nous veillerons sur eux:
Car ne crois pas, mon fils, que, las du diadême,

(*) Cette pièce a obtenu le prix de poésie, décerné par l'Académie de Cambray en 1818.

2

Je veuille, en t'en chargeant, m'en affranchir moi-même;
J'en soutiendrai le poids, pour qu'il te soit léger.
Goûtes-en la douceur, j'en garde le danger.
Le Germain se soulève, il faut encor l'abattre.
Dompter les factions, châtier et combattre,
Voilà mes droits, hélas! Il en est un plus doux,
Que je t'accorde seul, qui les surpasse tous :
C'est celui de changer le désespoir en joie,
De contraindre la mort à te céder sa proie;
Le plus beau droit enfin que donne le pouvoir,
La CLÉMENCE : O Romains, vous allez les revoir
Ces jours trop tôt passés, où, par des lois prospères,
MARC-AURÈLE, ANTONIN, ont gouverné vos pères;
Mon fils vous les rendra! mes bienfaits aujourd'hui
Pour aller jusqu'à vous doivent passer par lui.

Trop long-temps sur ces bords les discordes civiles
Dévastèrent nos champs, dépeuplèrent nos villes;
Mais enfin, loin de nous, l'hydre des factions
Alla noyer sa soif au sang des Nations :
Sous mon char de victoire il faudra qu'elle expire.
Si, dans ces jours affreux, les tyrans de l'Empire,
De leur sceptre de fer, foulant l'humanité,
Ont brisé les autels de la sainte équité,

La Clémence, à ma voix, aujourd'hui les relève,
Et Thémis à ses pieds va déposer son glaive.

César, sois mon soutien : par tes soins bienfaisans,
Que de Licinius les nombreux partisans
Soient vaincus dans ce jour : abjurons la vengeance,
Que tout parle avec nous d'amour et d'indulgence ;
Que, bénissant ton nom, nos frères exilés
Dans les champs paternels soient enfin rappelés ;
Puissé-je voir bientôt tous les Romains dans Rome !
Exorable à l'erreur, au repentir, sois homme ;
Ecoute la pitié plus encor que les lois.
Mon fils, nos jugemens, nos travaux, nos exploits,
Vantés, éternisés, adorés sur la terre,
Peut-être d'un Dieu juste excitent la colère.
Aveugles instrumens du céleste pouvoir,
Connaissons-nous nos droits ? sommes-nous sûrs de voir ?
Qui peut répondre, hélas ! de la justice humaine ?
Le besoin de changer, que le temps nous amène,
Bouleverse les lois ainsi que les états,
Et, souvent, des vertus nous fait des attentats.
Le forfait qui nous sert nous paraît légitime,
La vertu qui nous nuit, à nos yeux, est un crime ;
Et les faibles humains par l'erreur entourés,

Nous semblent criminels ; ils ne sont qu'égarés.
Crois-moi, presque toujours la Clémence est justice :
Elle est vertu du moins ! les rigueurs du supplice,
Même en nous délivrant de quelques ennemis,
Révoltent tous les cœurs qui nous furent soumis :
On plaint le malheureux dès qu'il n'est plus à craindre,
Et l'on peut imiter celui que l'on peut plaindre.
Sois bon, sois généreux ; car la Divinité
Veille sur la grandeur moins que sur la bonté.
Valérius, au sein des tempêtes publiques,
Domptait des Plébéiens les haines politiques ;
Et, contre eux protégeant d'odieux sénateurs,
Le sein nu, le front calme, il marchait sans licteurs.

Octave, ce vainqueur d'Antoine et de Lépide,
Octave, ce tyran dont l'armée intrépide
Contre tout l'univers protégeait les destins,
Sans cesse environné par des périls certains,
Croyant à ses projets la rigueur nécessaire,
De ses proscriptions ensanglantait la terre ;
Le poignard d'un Brutus devait les terminer....
La Clémence d'Auguste a tout fait pardonner.
Quoique triomphateur, s'il est grand dans l'histoire,
Il l'est par la Clémence et non par la victoire ;

Imite ses vertus, en plaignant ses forfaits;
Ainsi que lui, César, règne par tes bienfaits;
Ne crains point d'abuser du droit que je te donne,
Car on ne peut faillir alors que l'on pardonne.

Pourtant, de tout excès évite le danger;
Songe au Peuple, mon fils, que tu dois protéger;
Mille ennemis secrets l'environnent sans cesse;
La Clémence avec eux ne serait que faiblesse;
Laisse agir la Justice, et ne suspends la loi
Que pour l'infortuné, criminel envers toi,
Mais dont Rome, naguère, a connu les services.
Montre un front inflexible aux mortels dont les vices
De l'état social minent les fondemens;
Et cependant encore, enlève aux châtimens
Ce fils qui, sans espoir, pressé par la misère,
A dérobé le pain qui dut nourrir sa mère.
Consulte enfin ton cœur; tu feras ton devoir.

Quant à moi, si le ciel seconde mon pouvoir,
J'ajoute l'Occident à ton vaste héritage.
La terre entre nous deux aujourd'hui se partage;
Je vais la conquérir, tu vas la consoler.
Tu sécheras les pleurs que je ferai couler.
A regret dans le Nord je porte les alarmes!

Du moins que les captifs enchaînés par mes armes,
Désormais à l'abri des cirques inhumains,
Ne soient plus exposés aux regards des Romains,
Dans ces jeux où l'on vit, outrageant la nature,
L'homme donner au tigre un homme pour pâture.
O César, prends pitié de leur triste abandon ;
La Clémence avec eux n'est pas même un pardon :
Que dans Rome, éloignés de leur terre chérie,
Ils trouvent un asile, et presque une patrie.

A la loi des Chrétiens reste toujours soumis ;
Vois Jésus, sur sa croix, mort pour ses ennemis.
Que Jupiter vengeur s'annonce par la foudre ;
Croyons plutôt, mon fils, au Dieu qui sait absoudre.
Ah ! si, toujours fidèle à tes commandemens,
Mon Dieu, j'eusse écouté les tendres mouvemens
Que donne la pitié, que la nature inspire,
Je n'aurais point d'un crime épouvanté l'Empire !
Crispus vivrait encore ! et mes yeux, sans effroi,
Contempleraient le ciel : mais je connais ta loi ;
Mes pleurs effaceront un instant de démence,
Car le Dieu que j'adore est un Dieu de Clémence.